中华传奇人物故事汇

后羿

黄学祥 著

中华书局

图书在版编目(CIP)数据

后羿/黄学祥著. —北京:中华书局,2019.2
(中华传奇人物故事汇)
ISBN 978-7-101-13696-8

Ⅰ.后… Ⅱ.黄… Ⅲ.民间故事-作品集-中国-当代
Ⅳ.I277.5

中国版本图书馆 CIP 数据核字(2019)第 003613 号

书　　名	后　羿	
著　　者	黄学祥	
丛 书 名	中华传奇人物故事汇	
责任编辑	马　燕　董邦冠	
出版发行	中华书局	
	(北京市丰台区太平桥西里 38 号　100073)	
	http://www.zhbc.com.cn	
	E-mail:zhbc@zhbc.com.cn	
印　　刷	北京瑞古冠中印刷厂	
版　　次	2019 年 2 月北京第 1 版	
	2019 年 2 月北京第 1 次印刷	
规　　格	开本/787×1092 毫米　1/32	
	印张 3½　插页 2　字数 50 千字	
印　　数	1-10000 册	
国际书号	ISBN 978-7-101-13696-8	
定　　价	18.00 元	

出 版 说 明

　　远古时期，元谋人、蓝田人、北京人、山顶洞人，先后在中华大地上繁衍生息，留下了生活的遗迹。距离今天四五千年前，活动于红山文化遗址、良渚文化遗址等地区的先民，不只留下了生活的遗迹，还创造了早期中国的文明，为中华民族五千年繁荣昌盛的华彩乐章谱写了美妙的序曲。

　　他们的真实生活虽不见于史籍记载，几千年来却流传着很多关于他们的故事。如盘古开天辟地，女娲炼石补天，神农遍尝百草，后羿射日，大禹治水……这些迷人的故事不仅带给我们奇幻瑰丽的文学想象，还体现了华夏先民对自然世界的认知，对美好生活的向往，记录了他们走出蛮荒、迈向文明的艰辛历程。

这些带有神话色彩的人物，是在蛮荒的世界里披荆斩棘的英雄，是不怕艰险、不畏强暴、不惧牺牲的民族精神的化身。

他们的名字，他们的故事，如一幕幕传奇，经久不息地流传在华夏大地。他们，是中华民族的传奇人物。

他们的故事，如满天星斗，如沧海遗珍，都汇聚在这套《中华传奇人物故事汇》丛书里。我们将在这里见证他们的智慧、勇敢、顽强，追溯中华民族远古的源头。

目 录

导 读

　　在中国的上古传奇故事里，羿有两个名称，分别是大羿和后羿。有人认为这是两个人，也有人认为，是同一个人的不同侧面。

　　大羿的故事是：天上有十个太阳，不好好轮值，一起出来上班，造成了大地上的干旱。大羿看不过去，一口气射下来九个太阳。而大羿的妻子，就是后来奔月的嫦娥。

　　后羿的故事是：一个名为"有穷"的部落的首领叫后羿，非常善射。夏朝的第三代国王太康整日沉溺于玩乐，荒于国家治理，结果被后羿赶下了台。后羿自己称王，后来却被最亲近的臣子暗杀了。

两个故事的相同之处，是其中的羿都是伟大的射手。

后羿可能是神话英雄里最人性化的人物了。他抗争过命运和自然的残暴，赢得了人们的爱戴与尊敬；他体会过爱情的美满和离别的愁怨，令人羡慕，令人叹惋。

后羿本领高强，富有正义感，为人间镇恶除害，这正是古代的人们呼唤和渴盼的英雄。所以，后羿的故事深入人心，一直在中国的大地上流传。

大 羿

　　羿诞生在东方的人间。那时，没有人知道他的名字。

　　羿的出生带有异象。有巫师说，这个婴儿的魂魄来自神秘的西方，将会是东方日出的敌人。

　　这不祥的预言，在羿长到五岁时，在周遭传播得更加炽烈。羿的父母再也坚持不住，将羿带到深山野林里遗弃。他们将睡着的羿放置在一棵大树下，偏这时，树上的一只蝉高亢鸣叫起来……蝉声中，羿的父母仓惶隐遁。

　　羿的母亲在中途毕竟不舍，悄悄地回到森林

羿被放置在树下，日头高起，热风流动。

里，只记得自己的孩子被放置在有蝉鸣的树下，可是日头高起，热风流动，漫山遍野、此起彼伏都是蝉叫……母亲再也找不到羿了。

羿就这样在山林里，自己长大了。

羿身体里奇异的魂魄在苏醒。那魂魄的确来自西方，是西方古帝少昊氏的孩子，叫般。般就是这个世界上发明弓箭的人。

比起他的亲兄弟穷奇，般显得太过正常和普通了。穷奇长得就像一只老虎，头上有一对琉璃色的角，肋部伸展出一双巨大的翅膀，长着獠牙的嘴里，却能说出最动听的所有地域的方言。穷奇拥有魁伟的身姿和惊人的头脑，却从不干好事，还吃人，只吃人头……让人一想起就心生恐惧。

羿在林子里跑来跑去，连动物们看见他都躲得远远的。他还好像天生就会制作弓箭，射术之神奇，达到了有天地以来前所未有的地步。羿靠着弓箭，成为森林之王。慢慢地，森林之王似乎在森林里感到了厌倦，追忆起他的人类童年，那其中或有残存的温馨……只披着兽皮、裸露着大半健美身体的羿，站在巨树之巅，将一支箭举在高空，仰首对天呼喊：我要回——家——啦，我将向天边射箭，此箭将落在我家的门前！

羿在树冠上引弓满月，一箭发出，若流星划过，而羿在后面跟着——在枝头间奔突纵跃，速度竟不弱于飞矢。

那支箭破开雾霭，越过森林，所经之地，百兽低伏不敢稍动，群鸟惊飞四散……箭随着弧线轨迹渐渐坠低，其实在贴地而飞，长草被箭气割断，向两边倒伏，划出一条小路来……砰的一声扎在一扇残破的柴门上，箭羽不停地抖动。

这一箭是非凡能力的觉醒。羿不仅能射中看

见的目标，还能射中想象的目标。

　　柴门被推开，房屋荒废很久了。这里是羿出生的地方，主人早已不见踪迹。但刚才的一箭，已感天动地，惊动了头上最高的存在——俊。

　　俊是东方的天帝，所以常被叫作帝俊。帝俊在高天上感应到一个全新的、拥有强大力量的神祇（qí）在大地上出现了，当然要招抚。帝俊将二十岁的青年请到天庭上，并因他的能力为其取名——"羿"。

　　"羿"字的象形，是一双手把握羽箭的方向。"羿"就是射神的意思，大家出于对新生神祇的尊重，都管羿叫"大羿"。

　　帝俊不仅赐给了大羿一个名字和神位，还把大羿拉入了自己的家族漩涡里。

帝俊有个妻子叫羲和（xī hé），与帝俊生了十个儿子，都是一般的怪异模样——身放金光的三足乌鸦。这可不是普通的乌鸦，而是太阳本身！直到今天，我们头上的太阳还会被唤作金乌。

十个太阳的母亲羲和，就是太阳神。她的风仪应该是灿烂而高傲的，每天驾车只带着一个儿子，在天上巡游（每天一子，十天一轮回），从东方走到西方，正好是一个白昼，然后落下，沉入虞渊，穿过冥界，回到出发的地方，也就是十只金乌的栖止地——扶桑。

扶桑是两棵巨桑倚在一起，犹如相亲相扶，才被叫这个名字。扶桑高三百里，传说一树扎根在阳界，一树扎根在阴界，是阴阳的分界点。

帝俊还有一个妻子叫常仪，给帝俊生了十二个月亮——其实是十二只白色的蟾蜍，所以月亮又被叫作玉蟾。也就是说，那时的天上有十个太阳和十二个月亮，这或许就是十天干和十二地支的来历。

但常仪好像并不得宠，她的孩子月亮也远没有太阳耀眼。乌鸦总是聒噪的，活力四射，而蟾蜍即使不冬眠，半天也不会动一下。每当羲和带着太阳君临天下，草木生灵都仰面蓬勃，欣欣向荣，伸展或鸣叫，人类也随之出落而作息，对太阳总是膜拜唱颂不已。而月亮一出，万物寂静，唯有潮汐起落，或是照见些寂寞的影子。

常仪的不得宠，或许跟她的性子与月亮般的清冷有关，更因为她的来历——她出身于神秘而遥远的西方。常仪生了十二个月亮之外，还生了一个女儿，那是天庭最美丽的存在——叫恒娥，这名字直译过来简直就是"永恒的女性"。后世人类有个帝王叫刘恒（汉文帝），出于避讳，人类不敢叫这美神的真名，便叫她"嫦娥"了。

嫦娥比她母亲的性子还要冷淡、内向，也更柔弱，整日躲在她的那些沉静洁白的蟾蜍哥哥们的身后，露出一双美丽至极的眼睛，闪着一丝惊慌。她不爱说话，也不爱见人。

这时大羿在天界已经非同凡响，虽然是个新神，但除却天帝之外，他或许是上古战神蚩尤陨落之后，最有战斗力的神祇。但此时的天地已不同于往常了，人类不那么崇拜战争或暴力那种纯粹力量，游猎时代已经转为农耕定居文明，农神、太阳神，还有水神，才是他们更愿意朝拜的对象。狩猎之神大羿，更像是一段追忆，一种技艺，甚至是让人恐惧的存在——就像战神蚩尤已被贬为黑暗神祇。

所以帝俊和人类一样，对大羿的力量有些戒备。帝俊化解戒备的方式，就是将嫦娥从哥哥们的身后拉出来，嫁给了年轻的大羿，一段关系，乃至一个故事，才真正开始。

嫦 娥

嫦娥一开始并不喜欢大羿。

怎么说呢？大羿身上有种躁动无礼的东西，就像她讨厌的同父异母的乌鸦哥哥们。但相处久了，又觉得不同，乌鸦们的无礼，是源自傲慢，而自己的丈夫，却是一种粗野——那或许是出身下界人间的缘故罢。

好在这个粗野的家伙并不像那些乌鸦们一般聒噪！

大羿在下界一直独自在森林里与走兽飞禽为伍，那时没有一个人跟他说话，所以他没那么爱说话，夫妻两个就这么默默相处。

大羿非常喜欢嫦娥。

他觉得自己很幸福。虽然妻子的性子有些奇怪，清冷而难以琢磨，总是神情恍惚地沉浸在自己缥缈而忧郁的情绪之中。但羿觉得无所谓——你便在那美丽着就是了。在大羿看来，妻子的坐卧行止，一颦（pín）一转，无一刻不美。

大羿很想讨好妻子，让她笑起来，却又不知该怎么讨好。在还没有想到办法的时候，安逸的日子却到头了，原来妻子讨厌的那十个乌鸦弟兄们惹了大祸。

太阳神羲和觉得十个儿子已经可以成年自立了，便不再亲自为他们巡游驾车，由他们自己按时轮流起落。刚开始倒也正常，但生性活泼的太阳们，在"干一天休九天"的工作制中，难免就闲出了毛病。终于有一天，他们一起在扶桑枝头上起飞，开始一起吵闹着上下班了……

上界过于高远，并没有感到异同，下界人间却是天翻地覆。十个太阳每日并出，热力是平常的十倍，几日下来，雪山消融，江河横流，随后却是庄稼干枯，湖海低垂，不久又山火延绵，烟尘蔽日……更严重的是，大地阴阳失和，原来蛰伏沉睡在山水深处的上古凶兽，纷纷醒来，出没在已令它们陌生的人间。

当时人间的各部盟主是伟大的尧，被奉为天子。天子是能与天界沟通的。面对自然界惨烈的局面，刻不容缓，尧启动了繁复的祭天仪式，艰难地向帝俊传达了下界的灾情。

帝俊一开始是让羲和去把太阳们叫回来，结果羲和无奈地发现她调皮的儿子们已经失控了，更急迫的是，凶兽每日都在大地上伤人……上古的凶兽，可不是一般的神能降服的。帝俊稍一思考，只能把女婿大羿叫来了。

帝俊把身前为自己驾车的一条赤龙化作一把朱红色的雕弓，将身后为自己遮盖的玉色凤凰的尾巴化作了十支素色神箭，当面赐给了大羿，说下界多艰，凶兽蜂起，你就用这弓箭，去荡平人间的灾祸吧。

羿抚着这天地间最可怕的弓箭，匆匆赶回府邸，对着妻子说，你一定是嫌天上闷吧？我带你去我来的地方——人间走走吧。

嫦娥其实有点懵，并不知道发生了什么，看着丈夫豪情满腹的样子，本能地想躲到谁的身后去，偏她的蟾蜍哥哥们一个都不可能在。她想说不去，却张不开口，只怔怔地看着，露出一丝惶惑。羿大笑起来，一把将新婚的妻子扛在肩上，拍打了一下，发现妻子连挣扎都不挣扎，温顺地贴在他身上，当下不再耽搁，纵身从天界跃下……

逢蒙

　　大羿扛着妻子落在了早已破败的、他童年的茅屋旁，藤蔓已经干枯，缠绕在柴门上钉着的那支旧箭上。周遭一片荒芜，没有人迹。

　　大地上真是热呀，天上拥堵着十个太阳，连阴影都无所遁藏。但大羿感觉不到热，因为妻子身上总透出些寒意。那玉一般的肌肤，触手冰凉，让大羿迷恋，又让大羿绝望，他觉得怀里的妻子，或是永远都焐不热的。

　　嫦娥看着丈夫在荒芜的茅屋内外忙碌地收拾着，心道，原来人间是这般破败的。

其实，以前这里是很美的，有稻田，有花……还有蝉叫。可能因凶兽四起，人们都逃走了。大羿陷入回忆里，慢慢将妻子抱进了茅屋内。

偏这时外面响起了叩门声。仿佛灭绝了的人间，突然来了访客。

访客是一老一少，就像凭空冒出来的。老的自称务成子，也可以叫巫成，是个人类的巫师。那身边的孩子，叫逢蒙，是巫师的童子。

大羿把目光在那少年脸上停了一下，看见了一双鹰一般的瞳仁。

务成子恭恭敬敬地行礼，称是天子尧派来的，为大神指路，去追杀一头叫猰貐（yà yǔ）的凶兽。

哦，这就催了。大羿转身拍拍妻子冰凉的

脸，笑，跟我一起去吧？

嫦娥坚定地摇头，绝不踏出草庐半步。大羿无奈，只好说，等我，我很久没有打猎了呢。

安置好妻子，大羿带着务成子和逢蒙，行走在残破干裂的土地上。

猰貐到底是一种什么样的凶兽呢，以致田园荒芜。大羿开始研究地上留下的奇怪印迹——一排圆桌大小的圆形脚印，宛如一匹巨马踏下的。大羿蹑印而去，不久却失去了踪迹，但狩猎之神的追踪本能开始起作用，大羿通过气味、毛发和直觉，一口气追出三百里，终于看见了凶兽的面目。

大羿看见了一头通体赤红的巨牛背影，甩着虎尾，却有马的四足，在干涸的地上踏出烟尘。

大羿忽然听见了婴儿啼哭的声音，大惊，弯

大羿第一次张开了彤弓，搭上了素箭。

弓搭箭，以为这怪兽叼着个婴儿。

就看见那凶兽转过头来，竟有一张人的脸。脸有一扇门那么大，头发蓬松，就像雄狮一般，嘴里叼着一具人类的尸体，看见大羿，警觉起来，尸体丢在了脚下。

大羿细看那张脸，左右两边竟是不一样的，左脸秀美光洁，只是眉目下垂，呈凄苦相；右脸干枯扭结，眼瞪眉立，呈愤怒相。

务成子的脸上竟有些不忍，说，大神，这便是那猰貐了。它以前叫窫窳（yà yǔ），本是远古掌管时间的巨兽烛龙的孩子，没什么过错，却被"二十八宿"之一的北方天神"危"所误杀。当时有五个巫师，将窫窳的尸体带到了西方之巅昆仑山，求万神之母——西王母赐不死之药。那西王母和烛龙都是天地间最古老的神祇，想必是愿意复活故人之子的，所以毫不吝啬地赐了药。只是喂药后，不知是巫师施法不对，还是窫窳的怨念太深，复活的窫窳不再是龙身，而是变成了现在这样牛身马足人面的怪物，窫窳也被写成猰貐这样凶恶的名字了。猰貐复活后，翻身落入昆仑边的弱水，潜藏不见。五个巫师占卜了一番，卜辞预言说，世有道猰貐则隐，世无道猰貐则出水食人。

大羿这才明白，原来猰貐那张诡异的人脸，一半是怨，一半是恨。现在猰貐真的出来吃人了，这不是它将被自己杀死的唯一理由，预言应验的是，它存在就是对天道不公、人君不贤的指控。难怪尧会请自己首先对这头凶兽下手。

大羿第一次张开了彤弓，搭上了素箭。猰貐好似感到了极端的危险，浑身发抖，跪伏在地……大羿再次听见了婴儿的啼哭，原来这啼哭是猰貐发出的叫声。

素箭发出，射入猰貐呀呀叫的嘴里。

帝俊所赐的弓箭威力，远在大羿的预想之外，猰貐巨大的身躯，在人脸处开始解体，崩散，血肉落在半里之内……只留下一支箭钉在地上。只怕再有不死神药，巫师们法力再高，也不可能复活得了。

大羿和务成子兀自站在那里发呆。

只有那叫逢蒙的少年，踏着满地的血迹，拔出了素箭，双手捧着，回到了大羿的身边。

射 神

　　从神秘之地昆仑跑出来的怪物，不止猰貐一个，还有一个叫凿齿的。

　　凿齿没有什么让人怜惜或骇人的背景身世，据务成子讲，就是个纯粹的坏蛋，到处吃人。

　　大羿带着务成子和逢蒙，循迹追踪，一路朝南，发现赤野千里，村破庄残，血迹斑斑，惨剧连连，甚至看见了一支全军覆没的人类军队……直到畴华之野，才在黄昏时追到凶手。

　　大羿一直以为凿齿是一头比猰貐还要怪异的凶兽，在见到那落日余晖下的孤单剪影时，才发

看到凿齿，大羿忽然就明白它的名字的来历了。

现，是一个人的形体坐在那里。

那是一个战士，很高，坐着都有一丈，体魄彪悍，腿边搭着跟身体一样高阔的巨盾，伸手可及之处，一把四丈长的长矛插立在地上，披发四散，在热风中不怒自威。

大羿越走越近，大概在两百步内了，那叫凿齿的巨人戒备起来，或许从没有人类敢这样大剌剌地走过来。凿齿陡然站起身来，高达两丈，他拔出了长矛。

十枚太阳已经落尽，一大片火烧云映着枯黄的原野，红光照亮了凿齿的侧脸。

大羿这才看见那狰狞的面相——下颌阔大前突，嘴角两边，向上各挑出五尺长的獠牙，高过头顶，就像两支角……大羿忽然就明白"凿齿"这名字的来历了。

大羿继续往前走，务成子和逢蒙缩在他的身后。到了一百五十步内，凿齿将矛尖平指，脚尖扭动，拱起背来，像是蓄力欲出。

　　大羿停下来，觉得凿齿整个人就像一把张开的弓。火烧云熊熊地"燃"在两人之间，像对峙出的火花。

　　大羿也慢慢拉开了他的弓，弓身伸张弯曲，发出令人齿酸的吱哑声。

　　凿齿忽感到了前所未有的战栗，那是他陌生的恐惧感，大脚一挑，就将巨盾挑起，砰的一声立在地上，盾沿砸在土里一尺，人整个都缩在了盾牌的后面。

　　大羿哈哈大笑，没有停止动作，引弓满月。

　　箭速过快，但逃不过逢蒙的那双鹰眼，不

过，他奇怪的是箭射到盾牌上就不见了。只有那扇盾牌墙一般地立在前方。逢蒙忽觉得大神摸了下自己的头，说，去把箭捡回来吧。

逢蒙有些不解，却看见大神甩着手，转身径自向天边的暗红处走去，越走越远。

虽然对大神由衷地崇拜，逢蒙还是有点迟疑，慢慢地绕到盾牌后面，才发现盾牌后一大片血污，在血污之后一百步的地上，插着大神的素箭。

难道凿齿像猰貐一样，在箭下身魂俱灭？只是……素箭是怎么射到凿齿的？逢蒙捧着箭来到挺立的巨盾前，盾面上画着一张饕餮的脸——那是上古时代战神蚩尤的面目，天地间战斗的图腾。饕餮的两只瞳孔上，有两个洞穿的小孔，想必是凿齿用来在盾后观察敌人的。逢蒙惊骇起来，箭就是如此轻易地穿过了手指粗的小洞罢。

务成子那边催了，逢蒙放下心思，去追天边几乎消失的大神。

逢蒙将箭奉还给大羿时，大羿并没有接，忽然说，你想学射箭吗？你有一双射师的眼。

逢蒙心中狂喜，看了眼务成子，务成子示意他赶紧跪下。逢蒙跪地不起，发誓愿一生都追随和供奉射神。

大羿在树林里就地取材，做了两副弓箭，与逢蒙一人一副（帝俊所赐的彤弓素箭可不适合做教学示范），一路上认真教授起箭法来。逢蒙果真天赋异禀，没几日便可射中天空中的飞鸟。

务成子这时却收到了他的同行——其他巫师的神秘传信，巫师们聚会的祭坛桑林，正在遭受浩劫。

顾名思义，桑林是一大片由桑树组成的森林，中心处有一祭台，是历代人类巫师沟通风雨的地方，堪称祈雨的圣地。

三人昼夜兼行，赶到桑林时，发现桑林已被大片推倒，根系暴露，枝叶干枯。倒伏的桑树在密林里就像犁出的巨大沟壑，延伸到森林深处。而看不见的深处，正传来凄厉的野兽的嚎叫，震得林中避暑的飞鸟四散。

大羿看着沟壑的宽度竟有半里，心道，这是头多大的凶兽啊！

三人循沟奔走，来到了桑林的中心，只见满目疮痍。

一座巨大的祭台，已被撞塌了一半。祭台边有一头小山般大小的獠猪，正在被一群巫师带着一支人类军队，结阵围堵。巨猪一身的鬃毛如

大羿打量着眼下的战场，轻轻摇头。

枪，长嘴拱前两丈，伸出两只一丈多长的獠牙，弯曲如刀，左突右撞，只见林木纷起，士兵被抛向天空……

这是封豨（xī）！务成子大叫。封豨本是淤水里通雨的灵兽，现在淤水干了，它怎么就疯啦？

封豨身上插满了箭羽和标枪，两眼血红，嘶吼震天。

大羿和逢蒙各站在两株相邻桑树的树尖上，随枝摆动。务成子站在低一点的枝头上。

大羿打量着眼下的战场，轻轻摇头，说，没用的，这畜生皮厚，平常的武器和弓箭伤不了它。但眼珠是它唯一的弱点。逢蒙，咱俩一人射一只眼，如何？

务成子叹息：可惜了，这封豨的眼珠血红，

可做凝珠，定是炼丹药的极品。

大羿并不用神弓，只用教学的普通弓箭，向高空发了一箭。那箭划出一条高远的抛物线，正钉在封豨的一个鼻孔里。那里的皮薄，封豨痛得高叫起来，转头看见了树上的三人，怒吼一声，扑撞过来。

眼见封豨越冲越近，大羿笑道：开始，射！

只见大羿和逢蒙同时发箭，各中一目，封豨如同绊倒一般，如山的身体翻滚起来，压翻了大片树林，推起滔天的烟尘。

封豨的身体滑到三人所在的树下，再也不动。獠牙巨嘴正抵在三人身边，触手可及。

烟尘散去，务成子以獠牙做桥，踏上了封豨的头部，去看那两只眼珠。但见逢蒙的箭，准确地插在瞳仁里，只剩下箭羽。眼珠显然已经破碎了。再看另一只眼，却毫无伤痕。细看，才发现大羿的箭，射进上眼皮，贴着眼珠，一直钻入封豨的大脑……这才是致命的一箭，还给他留了一只完整的眼珠。

务成子回首望着那树梢上的师徒，心道，这便是射师与射神的区别罢。

九 婴

　　这三人组成的"除妖小分队",根本没法停顿下来,因为北方出现了更可怕的凶兽,叫九婴。

　　据务成子讲,九婴的来历不小。当年的三皇之首——伏羲演画八卦时,遗留在山壁上的坎离二卦的卦痕,久吸天地的灵气,终在一日幻化成灵兽,潜入到凶水之中。

　　大羿奇道,既是伏羲神皇的卦象化兽,又是灵兽,为何作恶?还有,既叫九婴,到底是一个怪物,还是九个怪物?

　　务成子叹息,灵兽这东西,不出则已,一

且出来，却看时候，盛世出则为祥瑞，乱世出则为凶患……至于这九婴，由坎离二卦幻化，坎卦四短画，一长画；离卦二短画，二长画，共总九画，所以可能化生出九个兽呢。

三人终于赶到凶水，发现原本的深山大泽早已成一片焦土。而九婴正在那等着他们。

大羿身为射神，自带凌厉的杀气，凶兽往往会感知到恐惧，唯这九婴，安然处之，等着与大羿正面作战。

见到九婴那一刻，务成子才知道自己猜错了，九婴竟然既是一个，又是九个。那是一条巨大的九头蛇——蛇身连尾长达一里，在胸部突然分出九个蛇颈，高高扬起，尽头却不是蛇头，而是九张婴儿的脸。九张脸各有不同，细看，有五张是男婴，头发乌黑卷曲；四张是女婴，头发赤红披散。男婴女婴相错罗列，随着蛇颈的扭动，就像随风摇摆，嘴里发出婴儿学语般的稚嫩呀呀声。

巨蛇触目惊心的蠕动，和无邪的婴儿脸构成了一副无比诡异的画面。

逢蒙！大羿叫。逢蒙从惊异中清醒过来，张弓射向一张男婴的脸。只见那男婴张口一吐，喷出一线浊水，把飞在眼前的箭羽击落下来。逢蒙眼看那支箭冒起了嗤嗤的白烟……那浊水竟有强烈的腐蚀力！

逢蒙毫不犹豫，又发出一箭，射向一张女婴的脸，女婴一样地张口一吐，喷出却是一线火焰，直接将面前的箭矢烧毁。

大羿明白普通弓箭对九婴无用，摘下了他的彤弓素箭，发出了一箭。

一箭既出，九张婴儿脸同时闪过了一丝惊

恐的神色，只见中间的男婴狂吐浊水，那素箭的轨迹却丝毫不能撼动，砰的一声，那张脸炸碎了……剩下的八个婴儿一起哭叫，嚎啼不止，一时间，四道浊水连着四道火焰，向大羿、逢蒙和务成子喷薄而来！

大羿大惊，一手提着逢蒙，一手提着务成子疾退！

九婴巨大的蛇身蜿蜒游动，速度极快。浊水与火焰交织成一张网，将三人罩在其中。大羿提着两个人左冲右突，终于从缝隙间迅疾地窜出，躲到了一块山石后，方得喘息。

九婴一边啼哭，一边在大泽边游走，寻找着三人的踪迹。务成子在石缝后观察，告诉大羿和逢蒙：你们看，坎为水而色玄，所以五个男婴都善用水，而发色黑；离为火而色赤，所以四个女婴都善用火，而发色红。

大羿的手像弹琴般地拨动弓弦，射出连珠箭。

而大羿惊异的是，无论是猰貐，还是凿齿，中了素箭瞬间魂飞体散，而这九婴，竟然只毁了一头，仍神完气足地追杀自己。更令大羿惊诧的是，那中间破碎的男婴头颅，正以可见的速度，慢慢地生长出来！

明白啦！大羿大笑，这九婴是九首九命，只要有一命尚在，其他八命也能慢慢恢复。

大羿把剩下的九支素箭都抓在手里，突然跳到了巨石之上。九婴的九张娃娃脸，一起转了过来，只见漫天的火焰和浊雨喷薄而来。

逢蒙在石下仰头看着，只见大羿的手像弹琴般地拨动弓弦，晃眼之间，就见九支素箭一支支箭头衔着箭尾，一长串地射了出去……真有这般的连珠箭！逢蒙急忙伸头去看，但见那九婴的九个头，一个个地爆开……九条举起的蛇颈，像九条巨鞭，甩落在地上。

而漫天的水与火，落在了大羿的脚下。大羿收了弓，叫着发呆的逢蒙，去捡箭罢。

征途又开始了。

南边最大的洞庭湖，由于水位降了一半，腰身缩小了几倍，湖底沉睡的一头庞然巨兽苏醒了，据说它动了动身子，地震千里，房塌柱折，百兽虫鼠奔突四散……

"除妖小分队"来到洞庭湖时，被它的广大震撼了。虽然大湖已经缩小了许多，依旧无边无际，水天不分。岸边广袤的沼泽，露出本来的湖床，半掩着无数渔船残骸和龟鱼的遗骨，在十轮烈日下发白。

脚下的淤泥突然震动起来，整个湖面就像沸腾一般，巨浪滔天，卷起狂飙，扫荡四方。大羿奇道，这湖底到底是多大的怪物，能搅得地动山摇?

务成子说，按记载，洞庭湖底有修蛇蛰伏，应该就是它啦。

修蛇的意思就是极长的蛇，到底有多长呢，大羿并不在意，笑道，我还是让它安静安静罢。说罢，跳到几十丈的空中，弯彤弓搭素箭，向湖中射了一箭。箭没入水中不见了。

大羿落了下来。务成子和逢蒙见湖面果真慢慢地平静下来。

这就射死了？逢蒙话音未落，但听得巨响，湖心水面拱起，有七八十丈高！紧接着天地战栗，湖水山一般地涌来，瞬间就把三人推到了几里之外。

大潮退去，三人湿透了身子，兀自在震动中

大羿在湖边疾奔，几个起落，跳到了蛇尾上。

站不稳身形，抬头却看见湖心处隆起一道山脉！山脉两边挂满了瀑布，正是带起的湖水倾泻而下。

山脉还在隆隆拱动，向洞庭的东北方向伸展。

好大的蛇！大羿最先清醒过来，跳起又射出一支素箭。箭没入"山脉"不见。修蛇逃得更快了，但尾巴还没有从湖里显出来。

大神应该射它的七寸！务成子叫。

七寸？大羿苦笑，这蛇这么长，七寸处在哪？只怕射它的七里处都不行。

修蛇还在奔逃，尾巴总算在洞庭里露了出来。大羿在湖边疾奔，几个起落，跳到了蛇尾上，在"山脉"的山脊上向前飞奔，转眼就不见了踪影。

务成子看着"山脉"越"跑"越远,无奈带着逢蒙向东北方向追去,说大神一定是找修蛇的七寸去了。

修蛇这一路奔逃,却终被大羿在背上寻到了七寸处,一箭从脊骨缝中射入,穿了心脏,再也动弹不得……由此洞庭之滨多了一道山脉,其实是修蛇的骨骼,唤作巴陵。而修蛇这巨怪也逐渐被后人叫作巴蛇了。

风　神

　　修蛇这样的巨怪伏诛，不仅使大羿声震人间，连祸害人间的妖魔鬼怪也感知到有个大神正在大地上追杀它们，纷纷夹起尾巴躲起来。只有那个唤作"大风"的凶怪还在地面肆虐横行。

　　"大风"是人类给它取的名字，皆因不知它堂皇的前身，只知有只巨鸟出没，一起一落，必带来山呼海啸的大风，遮天蔽日。

　　它不是蛰伏山林大泽中的上古凶兽，而是来自天上。它是风的主人，常被叫作风伯，或是风神，真正的名字叫飞廉。

飞廉名字好听，却没什么深意。连绵读"飞廉"二字，就会读出"风"字来。

　　风神飞廉是上古战神蚩尤的师弟，在蚩尤与黄帝的战争里，当然站在蚩尤的一边。战争的初期，飞廉曾将黄帝的大军困在凄风苦雨之中，几乎让他们全军覆没。后来黄帝得了九天玄女传授的阵法，发明了指南车……再加上女儿旱魃（bá）的帮助，最终取胜……而蚩尤身死，飞廉被俘。

　　被俘的飞廉被迫给天帝出巡时拉车。天帝排场很大，一旦出门，总是雷神开路，雨神洒水，风神拉车兼扫地。

　　如今天地日月运行出错，飞廉甩了屈辱的差事，乘乱逃了下来，到民间游荡去了。谁能困住风呢？

　　都知道飞廉的速度很快，无影无踪，作为追

踪者，大羿第一次觉得遇见了对手，好在飞廉依旧有神祇的高傲，主动找上了大羿。

大风旋转，把地面的枯草吹得四面倒伏，务成子和逢蒙几乎睁不开眼，站不直身子。巨大的阴影投在三个人所在的山坡上，因为飞廉展翅遮住了十轮烈日……阳光陡然刺眼起来，飞廉收了翅膀从空中落下来，大羿这才第一次看清了风神的样子。

飞廉长得威风八面，高达十丈，双翅展开，有三四亩的面积……都说飞廉是巨"鸟"，其实很难定义。大羿细看，飞廉虽背有巨翅，有鹰一般的头脸和长喙（huì），但头上却伸出两只鹿角……最奇的是身体，像一头狮子，长着豹纹，还拖着一条蛇一般的长尾。这是天地间最大型猛禽与最大型猛兽的奇妙合体。

他们说你是我师兄蚩尤之后最厉害的战神。

飞廉狮背上的巨翅再次展开，仰头厉叫一声。

飞廉嘲笑地摇了摇头，差太远了！

大羿并不生气，慢慢地摘下肩上的彤弓。务成子突然拦下了大羿，抬头对着飞廉喊：大羿射神追杀修蛇，来回跑了千里之遥，可敢等大神休息好了正面一战？十日后，我们在青丘之泽等你！

飞廉眼里尽是轻蔑，狮背上的巨翅再次展开，仰头厉叫一声，狂飙与阴影瞬间聚拢又破碎，飞廉已在九天之上，啸声的回音才刚刚传回来。

大羿有些不喜，又想拉弓，务成子再拦，说飞廉可不是什么凶兽，是放逐的神灵，不能杀，只能生擒。飞廉可怕的不是战斗力，而是速度，如果不能一战擒下，真要逃走了，只怕世上再没人或神可以捉住它了。

大羿并不知道青丘之泽是什么地方，为什么

要在那里与飞廉一战。务成子说，那是当年黄帝处死战神蚩尤的地方。大泽在群山之间，四周山林连绵耸动，形成了一个奇门遁甲大阵，可以用来镇压战神的尸体复活。这奇门遁甲之阵法，正是黄帝被蚩尤、飞廉困住时，由九天玄女传授给黄帝的，大阵摆开，可钳制风雨……

大羿总觉得如此对风神飞廉有些不公，但还是三人一起，如约来到青丘之泽等候，不久便听见飞廉在高空长啸，风飚林动，垂翼如遮天之云，慢慢地盘旋降落。

十个太阳肆虐，大泽干涸了大半，几片雪白的礁石裸露在湖面的中心。大羿孤零零一个人站在礁石上，务成子和逢蒙隐身在山林之中。

飞廉落在大羿对面的礁石上，默默地对峙着，一双巨大的鹰眼带着不屑，但翅膀在身后半开着，并不打算收拢。大羿也不说话，慢慢地将彤弓拉成满月，素箭瞄着飞廉的喉咙。

素箭发出，并不快。

飞廉背上的双翅一振，一阵罡（gāng）风逆箭而来，却见素箭的箭尖割开了风，轨迹不变，稳稳地刺向飞廉的喉咙。飞廉的鹰喙如钩，闪电般地啄向素箭，想把箭叼住。箭与喙相触的一瞬间，飞廉突然体会到了巨大的恐惧！那不只是箭，是凤凰！

素箭是帝俊用身边的玉色凤凰的十支尾羽所化，而凤凰是百鸟之皇，飞行的王者……飞廉这种半鸟半兽的神祇，依旧感受到了这种属性的压制。飞廉刻不容缓地放弃了接箭，身体一晃，翻了个身，一声厉啸，弯曲的颈羽四散，竟凭空不见了。

大羿心有所动，一抬头，看见飞廉已然瞬间悬停在半空中。大羿神情一变，这是他第一次将箭射空了，天地间居然真有对手躲开了他的箭！

飞廉心头更是大骇，知道这射神是惹不起的，也不恋战，转身就逃，却发现四周山林层层叠叠，一排排地浮动起来，像在天空上结了一张无形的网……飞廉恐惧更甚，这是它当年遇见过的奇门遁甲大阵，只是那时它在阵外，没法攻击大阵里保护的黄帝军队，现在则相反，自己困在了阵内，阵内有一位射神用神箭瞄着自己……飞廉背上一阵阵发凉，双翅旋转，飓风吹浪如烟，腾起一大片白雾，遮挡住大羿的视线，自己继续去扑击大阵的围困。但四方高起的山林，在风中舞蹈，却使飞廉的威力发挥不得，左冲右突，一时根本撞不出去。

腾起的水雾的确让大羿看不见飞廉，但大羿射箭根本不需要看见目标，一箭发出，破开层层狂风浊浪和水汽，追向空中飞廉的咽喉……素箭像是射中了飞廉的幻影，又是看不清速度的瞬间移跃，让飞廉又躲过了一箭。

　　山林里的人类大巫师，大羿的带路者——务成子出手了，他举起一枚红色的玄珠，大放光芒。红光照到飞廉的身上，竟然让飞廉的速度定了那么一刻……

　　原来这玄珠正是由大羿留给务成子那只封豨的眼球炼化的，成了务成子威力奇大的法器。

　　逢蒙再也按捺不住，向空中的飞廉射了一箭，速度奇快，又奔向飞廉的咽喉。飞廉并不在乎，用翅膀将箭拨落……但拨落的一刻，飞廉发现自己错得厉害。它用大风扬起水雾，其实遮住了自己的眼……没看见大羿也发了一箭，紧紧追咬在逢蒙的箭羽的后面，就像是同一支箭！飞廉拨落了逢蒙的箭后，真正的素箭洞穿了它的翅膀。

　　飞廉怒吼一声，翅膀上的巨羽四散，失去平

衡的身体旋转着，栽落在大泽之中，正正地落在大羿站立的礁石之下。

大羿蹲下来，对着渐渐沉没的飞廉叹息，知道你不服，我也不会杀你，你以后就好好在这青丘困着罢。

很多年以后，飞廉才离开了青丘，毕竟没有人能真的困住风。只是它再在人间游荡，人类没那么怕它了。或是务成子的传播，人类知道树林可以限制飞廉，称之为"防风林"。而且，人类也察觉了风神飞廉出没的规律。每年如约而至的季风像是一个从不误时的信使，所以他们管季风叫信风，把飞廉称为天地的信使。

射 日

大地上恢复了片刻的宁静。

只是过于酷热了。虽然恶帜高张的凶兽们伏
诛的伏诛，蛰伏的蛰伏，但江湖依旧在萎缩，草
木依旧在枯萎。

大羿一点也不觉得热，因为他回到了出生的
地方，那草屋里有他的妻子嫦娥。

有嫦娥在的地方，自带清凉，甚至略带寒
意。因为嫦娥和她的蟾蜍哥哥们一样，身上凝结
着太阴（月亮）的气息。

偏这时又有人在门外叨扰。大羿听见务成子在喊：大神在吗？

大羿推门而出，看见务成子身后还站着个高瘦的人。

降服完风神飞廉后，务成子就和大羿告别，说要向尧天子复命。而逢蒙留在了大羿身边，继续学箭。现在大羿还能听见逢蒙在草庐近处连拨弓弦的声音，想必是在练那连珠箭。大羿把目光停在了务成子带来的陌生人身上。

这陌生人戴着玉冠，束着一头的银发，身上散发着神灵的光。

原来这个人就是人间的天子——尧。

听说大神要走了，我来挽留一下。尧说得非常客气。

凶兽已经清理干净，我夫妻二人还留在人间作甚？大羿转头，看见半开的门扇边，露出了妻子美貌绝伦的脸。

在这山川水泽之中，不知沉睡着多少远古或上古遗留的灵异的古兽，它们只是在阴阳失衡、住所破毁时才变成了毁民伤生的凶兽……尧叹口气，指了指天上，黯然道，只要十日还在并出，阳亢而阴衰，恐怕还要诞生许多凶兽的。大神是来挽救人间的，但根源却不在这里……凶兽是杀不完的。

大羿抬头看着天上发白的十枚太阳，半晌，忽然笑道，难不成你让我射太阳？

有何不可？尧有一张苍老却俊朗非凡的脸。

他们毕竟是帝俊的儿子……也是我的妻兄。

大羿回望妻子，却见她仰望天空，露出厌恶的神情。

其实，他们也是……我的哥哥们。尧眯眼看着头上的日轮。

大羿震惊了，原来天子并不只是一个称号，尧真的是帝俊在人间的孩子。

他们在残害我的子民，搅乱天地的秩序，就该付出代价。尧的话音很低，像喃喃自语：大神以前也是人类，想必是最同情我们的……如果大神射下一个，其他的金乌必受震慑，以后再不敢乱来，只会按规则巡天……

大羿觉得很有道理，但依旧踌躇，回头看了眼妻子，却见妻子用手挡着额头，仰脸望着天上，颦着细眉，露出厌恶的神情。原来……她是这般不喜欢她的乌鸦哥哥们。

大羿不再犹豫，叫了声逢蒙！逢蒙捧着彤弓和箭囊跑到了面前。

看着！大羿教授着逢蒙，射箭最关键的，不是你的眼，不是你的手。大羿将彤弓拉得满满，箭尖慢慢扬起……最关键的是你的腰，还有你的双脚，稳踏在大地上！

　　大羿错开两步，踏起烟尘，踩出两个深坑……眼却闭着，向高天射出了一箭！

　　所有人都仰头，看着那飞驰的箭，伴随着尾羽划出的风鸣，蹿向一个刺眼的所在……好像融化在高空之中，再不见踪影。

　　天地无声，万众寂静。半晌，才见一轮白日像礼花般慢慢绽开……绽开……化作无数流星拖着长尾四散……流星渐渐变成火球，坠向四野。

　　务成子惊叫，这动静！不会又将惊醒许多地下的凶兽罢？尧面无表情，哂笑，不过是些散落的金乌羽毛，不及落地就烧光了。

别人都在见证着一枚太阳的破碎，唯有大羿向妻子看去。

　　嫦娥也在出神地看着太阳的解体。通天的日光和火光，照在那张寒玉般的脸上，竟有些泛红。一种无法言说的神采，闪露在嫦娥的眼里，嘴角不自觉地微微上翘……

　　她要笑了吗？大羿不禁痴了。那一瞬大羿忽然明白，头上那些暴虐疯癫的乌鸦，虽然算是妻子的哥哥，但实际是敌人。阴阳对峙，阳亢阴衰，或许妻子的天生娇弱，不快乐，都源自这些乌鸦过于强盛……只要这阳少一分，阴就能多一分生机，妻子就会多一分笑意罢？

　　天上还存活的九枚太阳开始有了反应，以一种肉眼可见的速度，向西方逃逸。

　　但大羿却没有停手，一箭一箭地射了出去。

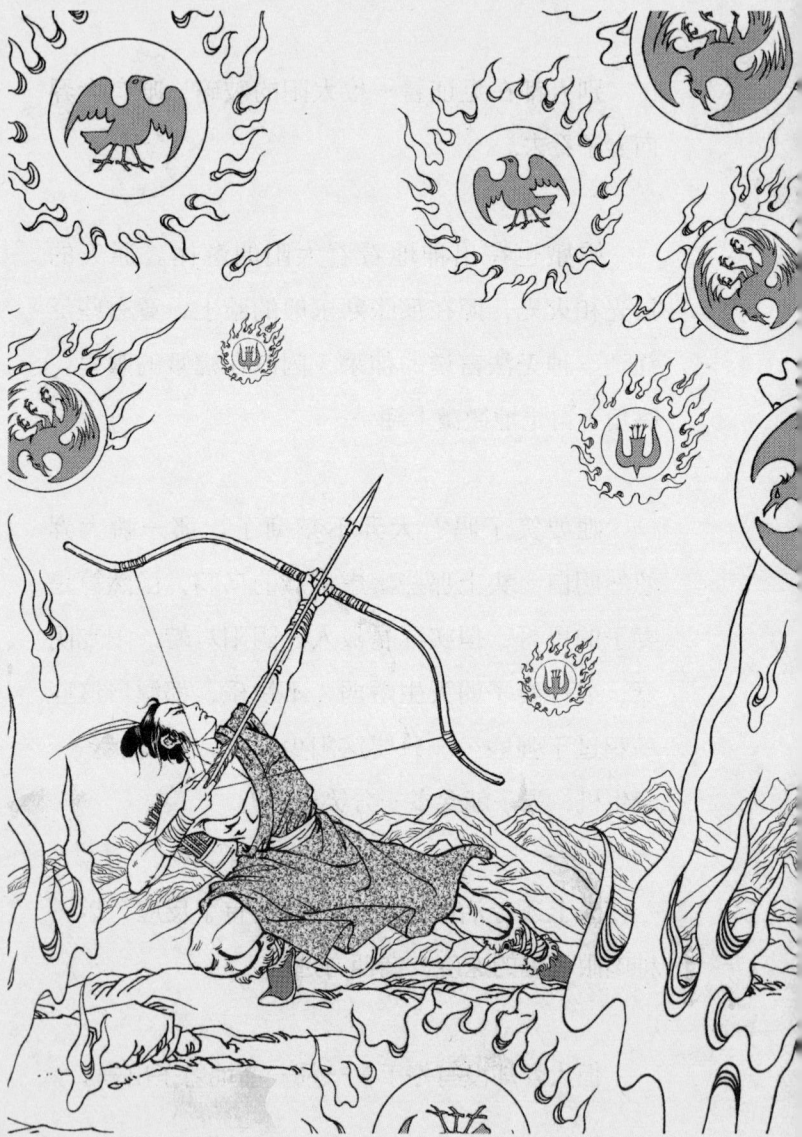

大羿从箭囊里抽出素箭，射向奔逃的太阳。

最先反应过来的是尧，高喊，大神不可！

大羿没有住手，继续从箭囊里抽出素箭，射向那些奔逃的太阳。尧跑了过来，去抢那箭囊，发现里面只有最后一支箭了，一把抓在手里。

这时，头上的第二枚太阳才开始解体，绽放出盛大无比的礼花。

大羿向尧伸手，也不说话。

尧把箭藏在身后，坚定地摇头：大神不能再射了。

大羿向尧走过去，尧只好把最后一支素箭捧在眼前，就在大羿要抓住箭的一刻，尧双手猛地一撅，将箭折断了。

两人相对默然，头上的第三枚太阳爆开了……

第四枚，第五枚，第六枚，第七枚，第八枚，第九枚。这可能是有天地开始最恢宏灿烂的场景了。

最后一枚太阳已逃到了天边，他可能已经心胆俱裂，只恨长空太过广大，天途太过漫长……他不知道大羿已经没有射他的箭了。他终于没入了地平线，躲进了无底的虞渊。

在人类眼里，这是最美的一次黄昏。火烧云连天接地，红得汹涌恣意，就像一幅血色的幕布，而那个一口气射下九个太阳的人，在幕布下薄成了一片剪影。

凡 尘

火烧云越积越厚，血色越来越暗，云层里透出闪电的光影，雷声像车轮在高天上隆隆驶过……那是帝俊在震怒。

所有人都惊慌散去，只剩下那山坡上孤零零的草庐。

尧通过祭祀向天上的帝俊做了些辩解，但也承认射神大羿的确太过于出手无忌了。帝俊无论如何接受不了，一日之间失去了九个儿子。

暗夜里一道闪电亮如白昼，破开云层劈下来，击中了那座草庐。草庐破碎，一条红龙，腾空而上，跃进了云层的缝隙。

天亮了，一枚红日冉冉升起。

所有的人类在这一夜无眠，他们在连绵的荒年中，总算重新看见了只有一枚太阳的日出，他们在相拥流泪。

这唯一的太阳自此变得兢兢业业，严格按照尧天子制定的春分、夏至、秋分、冬至的轨迹运行，或许他知道，是他这个人间兄弟，保全了他的命。

原野上，大羿抱着妻子醒来，发现他们头顶的草庐碎在了身边，散落一地，而身上酸痛绵软，好似大病了一场。看着熟睡的妻子，他发现妻子的身上不再冰凉，竟有些温热。大羿欣慰起来，看看头顶唯一的太阳，又看看脸上有些红晕的妻子，觉得这就是射了九个太阳的成效罢。大羿吻了吻妻子，妻子慢慢地醒来，迷茫地看看空旷的四周，忽然惊叫起来，挣脱了怀抱站起来，却又踉跄几步，颓然坐下了。嫦娥对着阳光照自己的手，那里面有血色流动。那手在颤抖，大羿猛然在妻子的脸上看见恐惧和绝望的神情。

大羿以为有危险降临，跳将起来，忽然体会到身体里的力量在流失。他想抓起手边的彤弓，发现彤弓不知所踪。大羿原本就是人类，所以不像妻子那么敏感，但此时也意识到了，他们夫妻已不再是神了。

逢蒙蹦蹦跳跳地从草坡下跑上来，他是昨夜不眠人类中的一员，如今是狂欢人类的一员，他的身后跟着一大片欢天喜地的人群。

逢蒙发现气氛有些怪异，草庐散落得到处都是。大羿和嫦娥各自坐在废墟一边发呆。

他们……一定要来感谢大神。逢蒙有点张口结舌。

我不是神了。大羿转头看了看妻子。

怎么可能！逢蒙说，我昨夜看见有条红色的巨龙从您这里腾空而起……

哦，那是我的彤弓，被天帝收走了。大羿道。

狂欢的人群依旧围拢在山坡上，献了许多的酒，并在空地上载歌载舞，庆祝世界回到了它原本的样子。嫦娥无处可躲，只好躲在丈夫的身后。大羿暴躁起来，赶走了所有的人。

大羿开始重新建造一个草庐。

而嫦娥还在适应她的人类身份。她从没有做过人类，对此的感受是如此陌生。比如细微的疼痛，冷暖，包括那些人类脸上的狂喜……还有身上在流的血，这些组成了人类身体里短暂的"命"？因为短暂，所以现在的状态就叫"生"？

嫦娥什么都不会做，只有看着丈夫把一个草棚盖起来……住进去才发现，她很快就饿了，必须吃陌生的人类食物。在天上她餐风饮露，很久不会有饥寒的感受……更要命的是吃喝拉撒这些羞人又无聊的事，重复得没完没了。"生"真是件很辛苦又无奈的事。

大羿每日看着夕阳，愈发苦恼。射日没有带来他想要的结果。妻子并没有日渐快乐和健康，而是更加忧郁和柔弱。他在想，妻子虽然什么都没说，但一定会深深地埋怨，埋怨自己的胆大妄为，触怒帝俊……可是，大羿也说不出来，这一切都是为了你呀。把当时不停射日的动机说出来，只怕现在已是强撑着的妻子，更承受不起罢。

好些日子后，那逢蒙又来了，捧着九支素箭。原来他踏遍了九日坠落的地方，将素箭捡回来了。帝俊召回他驾前的红龙，但遗忘了已经掉落的凤凰尾羽。

大神，您的箭。这是逢蒙跟在大羿身边一贯的工作。

别叫大神了。大羿抚着少年的头，叫我师父。

从此以后，大羿不能再叫大羿了，"大"是一个尊号，可他不再是神了，只能叫回羿。

羿从此把精力放在了授徒上，也许这样才能忘记许多失落罢。

嫦娥依旧陷在人生的琐事中难以自拔。一个天上最美丽的女神，竟然每日会饥渴，会出汗，会脏……然后不得不去没完没了地吃喝拉撒洗漱……真的很尴尬呀。做人真的……很烦呀，真的不想做人了。

昆 仑

学习射箭最重要的是实战，所以羿和逢蒙整日整月地都在山林里狩猎。

天赋异禀的逢蒙进步很快，能教的羿都教了，剩下的就看徒弟的造化了，羿放逢蒙深入四野到处去猎取最凶残的猛兽和最迅捷的飞鹰。有一天，他或会在内部打破"蛋壳"，蜕生为一个伟大的射师。

羿又开始无聊了，整日价看着夕阳。夕阳的存在好像就是为了嘲笑他。羿才意识到，原来人类的生涯，充斥着这么多的无聊。

嫦娥不看夕阳，她看月亮。她想念她的亲哥哥们。她可能再也回不到他们的身旁了，因为她现在是人了，是人就很快会死的。

　　嫦娥望月的伶仃身影，刺痛了羿。都是因为我，羿想。

　　这一日，羿独自在山林里徘徊，看见了一棵古桑树，很是古怪，无鸟敢栖。羿敲了敲树身，桑枝坚劲，其声沉厚。这时一只不晓厉害的乌鸦，莫名落在了枝头上，才发现树枝弹韧，它竟然不敢借力起飞，怕被弹伤，在树上摇摇晃晃，啊啊地叫着不知所措。

　　这是羿近来所见的，难得有趣的场景。羿知道此树奇异，索性砍了拖回草庐。花了三天，用树枝做了一张与彤弓相似的大弓出来。新弓一成，竟然让四周百里的飞禽走兽心悸哀鸣。

嫦娥躲在草庐内看着丈夫试弓，弓弦的声音像琴一般好听，高亢，明亮。不觉听得有些入迷。这是以前从没有过的感觉。

羿满意地将弓挎在了肩上，想起了树上那只可笑的啊啊大叫、不敢起飞的乌鸦来，决定给这张新弓取名——"乌号"。

羿背着弓进到草庐里取装素箭的箭囊，妻子看见他，竟然羞红了脸。羿不知这害羞的由来，还在自责——这都是做人的缘故罢，一定要让她做回神。做神时，她的脸像寒玉般透明，月亮般皎洁。

我要走了。羿摸了摸妻子的脸，我听说在西方的尽头处，有天柱昆仑山。山上住着远古的万神之母——西王母。她掌管着天地人神的生死。传说她有能力不通过天帝——就是咱们的父亲，就能把人变成神。我这就去昆仑走一趟，去拜见西王母，看看能不能改变咱们的命运。

嫦娥有些担心。昆仑山？远古的诸神之山，现在已经是传说里的绝域了。西王母作为远古祖神，掌生死刑杀，就是父亲也不敢招惹吧？丈夫真的能回来吗？

嫦娥忽然抱紧羿，不撒手。羿大笑起来，他觉得妻子在表达感激，还有些孩子气。妻子越来越像人类了。

羿就坐下来不走，一直等到夜里，妻子在他身上睡着，才将妻子抱到床上，转身离去。

羿在路上找到了徒弟逢蒙，吩咐他照顾好师母嫦娥。

西方太远，作为人类的羿，只能日夜跋涉，花了几年时间才来到了昆仑山的外围。围绕着昆仑山的是广袤的森林，每棵树都高达百丈，森林里有各种人类世界几乎没有的怪鸟怪兽，比如有种叫"䴅"的巨鸟，脸像猫头鹰，有四扇翅膀，叫起来像孩子啼哭……还有种怪兽，雄的叫"狰"，雌的叫"狞"，浑身火红，有些粉红的斑点，就像豹子，但头上有只半透明、琉璃色的独角，最奇怪的是身后甩着五条尾巴。狰狞是守玉兽，有它们在的地方，附近就有玉石。昆仑山产美玉，号昆玉，说明这里离昆仑山已不远了。森林里怪兽虽多，但并不敢招惹羿，它们能感到羿身上有它们惧怕的东西。

森林里根须如海，枝叶遮天，羿在其中穿行，觉得这森林里哪一头活物要跑到人间去，都是凶兽。

穿过森林之后，羿看见了高耸入云的山脊，峰顶被粉红的云所遮挡，羿知道，这一定是昆仑山了。

昆仑山被一条没有波澜、宛如镜面的大河所环绕。水面宽阔，羿打算伐木做舟渡过去，却发现河水什么都浮不起来，哪怕扔一片羽毛在水面上，都会瞬间沉没，更别说人和舟了。这就是传说中的弱水——名字就是说水的浮力太弱了。而羿杀死的第一个凶兽——猰貐，就是从这弱水底跑出来的。

山腰的红云也不简单。环昆仑山山壁一圈，昼夜不息燃烧着熊熊炎火，融铁化金……红云是炎火的浓烟所化。上千年来，据说没有人能穿过弱水和炎火，看见昆仑山峰顶的真容。

换别人就没办法前行了，羿却坐下来用树藤皮搓起了绳子，然后将绳子的一头绑在箭尾，另一头绑在了自己腰上。羿在弱水之畔张弓搭箭，像射日般地高举，箭向峰顶射去……箭扯动绳子，竟把羿也带上了高天，带着一条弧线的轨迹，越过了弱水和炎火，把羿"投"放到了接近山巅的雪壁上。

羿继续在雪中攀缘，苦爬一天，才真正地到达了峰顶。峰顶静美无言，只有一个女子的背影，头戴玉冠，披着委地的长发，旁边立着三只巨鸟，就像三块巨石。那女子忽地转过脸来，完全是少女的样子，看似极美，却突然张口，露出老虎般的牙齿，仰天厉啸……声震寰宇，天地震颤，直叫昆仑山外围的鸟兽四散奔逃。

羿被震慑了，知道这一定是西王母本人，急忙跪下俯首。

你就是射下九个太阳的羿？西王母问。西王母掌管人神生死，一日死了九个大神，不可能不对羿有所留意。你来做甚？

羿说明了来意，西王母坐在一头巨鸟的爪子上半天没有说话。羿跪在那，看见王母身后的长发里伸出一只豹尾来，卷到王母的身前，被王母一把抱住……羿心想，西王母这么高的身份，样子跟人们想得也太不一样了。

好。西王母丢给了羿一个玉瓶。帝俊不让你做神，我让你做！这瓶里有两丸我刚炼的不死药，吃一丸可以长生，吃两丸便能成神。你继续做你的射神，就留在……我身边，看护这昆仑山。

可是，我还有妻子……王母能不能再赐我……两丸？

西王母失笑：你当不死药是家常果子吗？每一丸的炼化，须经九千年。你知道吗？前一阵那些被你杀死的太阳的母亲——羲和奔过来，说你最后射的那只金乌，魂魄还没散尽，求我赐药给她，复活儿子……我都没给，却给了你……

羿俯首再拜。轻轻道，谢谢王母，那我回去

与妻子一人一丸，共享人间长生，胜过成神。

　　哦？王母呆立良久，终于甩掉了手上的豹尾，说，你走吧。

　　西王母看着羿下山的身影，叹了口气。她是能看见命运的大神。

奔 月

　　若干年后，羿回到了自己的家。

　　草庐还在，嫦娥还在。

　　嫦娥明显地变了，不再像少女，等待，还有人间岁月，把她变成了一个美妇人。

　　这些日子她过得并不艰难，不止有逄蒙的照拂，还受到周边村民的照顾。人们感激羿的功绩，把这敬仰都转嫁到草庐里独居的天仙女子身上，所以草庐外永远有村民们悄悄摆放的食物。

　　看见丈夫回来，嫦娥有些发呆。她冷落孤绝

的性子其实没那么在乎离别，也不怕寂寞。但就觉得欢喜，只是不知怎么表达这欢喜。欢喜于她而言是陌生的情感。这就是人类吧？像丈夫羿以前一样，一高兴就莽撞得像个……人类。

羿叫了逢蒙过来。逢蒙不再是个少年，已长成一条大汉，也是远近闻名、受人尊敬的大射师。

有一天晚上，羿拿出怀里的玉瓶，交给妻子，说你收着，这是不死药，找个好日子，咱俩一人一丸，共享长生。

天一亮，羿出了草庐，带着乌号弓和箭囊，打算去山林里，射一些鸟兽给妻子吃。

嫦娥醒来，倚在门边，忽然觉得等待的感觉……也挺好。

她等来的是逢蒙。

师母，拿出来吧。逢蒙伸着手，我昨夜都听见了。

天赋异禀的人往往有着更远大的志向。逢蒙少年时跟随巫师务成子，就是想学成仙长寿之道，后跟随羿，当然是觉得离神更近了。如今羿与嫦娥被贬黜人间，逢蒙虽然依旧对师父师母满怀敬意，但掩不住内心深深的失落。

昨夜听见了师父说与师母的话，一个欲念毒蛇般地盘桓不去，终于等到师父负弓出门，躲在一边的逢蒙才敢出来，蹩到草庐里。

逢蒙对着嫦娥突然哭起来：师母，你就给我罢！不要逼我……逢蒙也是满心的恐惧和纠结。

嫦娥惊诧地看着一贯"孝顺"的逢蒙，向后退了几步，摇摇头。

逢蒙知道师母不再是神，她可能比一位普通的人类妇女还要柔弱。他颤抖地想去搜嫦娥的身，嫦娥惊叫一声猛地一退，摔倒在地。

逢蒙矛盾极了，看着他平日敬若天神的师母，趴在地上，不知是该去扶还是继续……去抢。他看见师母的肩在抖，啪的一声，一个玉瓶滚落在地上，骨碌碌地滚到一边……逢蒙跳起，俯身一把将玉瓶抓在手里，浑身都在打战……这便是不死药了吗？逢蒙把玉瓶抵在眼前，发现瓶塞已不见，心下一沉，将玉瓶倒过来，晃了晃，空空如也。

逢蒙大惊，却看地上伏着的师母，浑身放出玉色的光芒，同时寒气大盛，草庐内的一切，瞬间爬满了白霜。

嫦娥的身体慢慢地漂浮起来，悬立在草庐的中央。

嫦娥知道自己抵挡不了逢蒙的抢夺，情急之下索性将瓶内的两丸不死药一股脑地塞在嘴里……药入嘴即化，她豁然就觉得身体里旋转着久已消失的太阴之气，身体越来越轻，犹如羽化……她重新成神了。

　　草庐之外，也结满了白霜，一道白虹贯到天上，一时云分五彩，在高天变幻不已。

　　天降异象，惊动了山林里的羿。羿转头看向家的方向。他是从人间成神的，知道这异象的含义，手上的猎物跌到了地上……这才半天……她都等不了？她还是要做神，并不愿和我在人间长相厮守……

　　嫦娥心里大急，药都给我吃了……那羿怎么办？嫦娥想去找丈夫，忽然觉得有一股巨大的力量把她往上扯，竟然让她无从抗拒，一直撞穿了庐顶，向高空升去。

嫦娥在空中急得几欲晕过去，她在空中摇臂展手，衣袂纷展。

那是嫦娥的母亲——月神常仪，她感应到了谪贬人间的女儿即将重新成神，立即连同自己十二个儿子，一起催动法力，接引嫦娥上天。常仪并不知道其中的缘由，她怕丈夫帝俊横加干涉，打算将女儿接到自己的地盘，也就是月亮上。这样女儿又可以像她小时一般，整日和哥哥们在一起了。

嫦娥在空中急得几欲晕过去，她在空中摇臂展手，衣袂纷展。万众仰首，只觉得嫦娥在腾飞中翩然而舞，全不知她在挣扎……

嫦娥知道再见不到羿了，心里只在叫，你一定一定要小心逢蒙呀！

羿还呆站在山林里，仰头远远看着妻子缓缓升空……被妻子背叛的屈辱，撕咬着羿的心，他木然地搭箭张弓，慢慢地瞄准了嫦娥……而嫦娥的头上，有一片白天都能看见的月亮，薄得就像即将融化的冰片。

乌号弓比不了帝俊赐的彤弓，射不了日月星辰，但可以射到还在奔月路上的嫦娥。而且素箭是可以杀死神的。

箭尖就这么瞄着妻子越来越淡的影子，羿的视线模糊了。这不就是她原本该有的吗？若不是自己，她也不会从神位跌落……这不就是自己欠她的吗？她还是不愿意做人的，她还是月一般地清冷，不可能被焐热……

羿收了箭，颓然躺在了地上。

洛 神

　　失去妻子的羿，一蹶不振。

　　他在原地重新盖了草庐，封埋了自己的弓箭，整日只在草庐中喝酒，这样的日子竟然过了几年。徒弟逢蒙带领着众人，来请了他几次，说要奉他为主，开疆拓土，都被他骂跑了。

　　其实在夜里，他会离开草庐，在月光下游荡。他不再恨妻子了，他觉得那是他这一生难得的记忆。只是抚摸这记忆的时候，就像月色一般，有些伤感。

　　这一日，他游荡到了一条河的岸边，夜里静

听水声，醉卧在竹林边。

月光默照流水，渐渐传来了寥落的歌声。羿醉眼望去，却见波光潋滟，上有一宫装女子凌波微步，踏水款行。那歌声是如此寂寞，身姿是如此瘦弱，就像每一句，每一步，都踏在羿萧索的心上。

能在水上行走的该是此河的水神罢？那水神不仅美，关键那清冷的气质竟有些像她？羿不自觉地站了起来，不想就惊动了那水上叹息吟唱的女神。

女神转过头来。两人就这般四目相投，默默对视。

羿乘着醉意恍惚，大声道：你是谁？偏要长成她的样子？

要是按以往，女神早就分水而隐了，这次不知为何，看着羿那双空洞的眼，竟无来由地有些心疼，便欠身回答道：我是洛水之神，使君何人？

我是……羿。羿突然清醒过来，还真像她呀，不只是郁郁的神色。只是她向来不说话的，而眼前的女神正在温婉地问他。

原来是上射九日下伏凶兽的大神！洛神惊道。这些年有关羿的故事早就传遍了人神二界，包括嫦娥奔月的事。

什么大神？早不是神了，不过是个被老天厌弃、被老婆背叛的傻瓜而已。羿苦笑，心里愈发酸楚，叹了一句：让女神笑话了。举步便走。

忽听身后的洛神也叹了一句：什么女神，不过是一个夜里乱走的怨妇罢了……

羿停下了脚步。

……

洛神是众河神里最美的女神，所以才会被统领所有河神的河伯看中。河伯迎娶洛神时，曾经是神界脍炙人口的传说，被誉为天造地设。

河伯的前身是龙，一种已绝种的龙，古代称之为应龙。人们最常说的龙是五百年才成年的角龙，而应龙一千年才成年，且身有双翅，有聚水之能，勇猛异常。当年黄帝与蚩尤大战，黄帝之女旱魃与应龙是战胜蚩尤的大功臣，但旱魃受伤堕落在北方，成为旱魔，从此北方多旱；应龙也折了双翅，坠落到南方的山泽之中，自此南方多涝。后来这断翅的应龙在水中慢慢演化为风神朗逸的河伯——鱼尾人身，头发是银白色的，眼睛和鳞片是流光溢彩的琉璃色，异常俊美，身上有淡淡的水香。

河伯娶了洛神之后，缠绵一段时日，终于露出花心好色的面目，他常以水患威慑水边定居的人类，让他们奉献年轻女子供他享用。洛神在冷落中无从排解，常在夜里到河面上散步。

　　不知怎的，河伯得知了妻子频频在夜里出水并不只是散心，好像在与人幽会，大怒，幽禁了洛神，自己伏在竹林的水边，等待羿的出现。

　　羿真的来了，却看见河面寂静……突然河心出现一个巨大的漩涡，一排水柱向他喷涌而来……

　　羿吃了一惊，退出竹林，大水却将竹林连根拔起。羿退向高处，水潮也涌到高处……

　　河伯没想到美貌绝伦的妻子怎么看上的是一个人类。他鼓动潮水，想将这个人吞没，没想到这人矫健异常，总能逃出来。河伯紧追不舍，最后从水面腾身而起，化作一条巨龙，继续吐着水柱，追击羿。

羿一直在跑，最后发现是一条巨龙在头上盘踞，浇下水瀑，淹了村庄农田无数。羿跑到山坡的草庐里，挖出他本已掩埋了的弓箭。

巨龙在空中得意，他追杀的那个人竟然跑到了一个草庐里。当下催动水柱，瞬间冲散了草庐……却见一支箭逆水而出，射到了他的眼睛里，并穿脑而出！河伯化身的巨龙厉啸一声，刹那间天昏地暗，嗖的一声隐到河水里。

大水慢慢退却。

却说河伯逃回了水底，如果他不是条千年成形的应龙，只是条角龙的话，这样的伤害早该死了。那一箭之威，让他心胆俱碎，也猜出那人一定是被谪贬的射神。

河伯心中愤懑，却又不敢再找羿的麻烦，等养好了伤，就跑去天庭向帝俊告状。河伯指着自己被永久射瞎的眼，向帝俊控诉羿。

帝俊好久没听见羿的消息了，想起那个他亲自提拔的小伙子，不禁苦笑：你惹他干什么？他是人类出身，他的箭专射妨害人类的家伙……我那九个儿子就是这样被他射死的。你好好地找他谈不行吗？非要变成畜生的样子，又淹了许多村庄，他不射你射谁？

啮镞

所有人都看见了，羿重新拉开了他封存的弓。

人类在欢呼，他们的英雄好像不再沉沦，还赶走了肆虐的恶龙。

逢蒙寻回了那支射龙之箭，高高地举在头上，再次请师父出山。

羿知道，他和洛神的那点朦胧暧昧的相知之情，已经无疾而终。羿接了那支箭，高举在空中，万众欢腾。他们奉羿为王。

羿接受了大家的推举，并不是因为什么雄

心重生，只是对一切更加无所谓了。灰心到了极致，反而轻松。

那时的王，又叫"后"。后原是发号施令者的含义，到了很久以后，才被用来称王的妻子。在羿做王的时候，人们尊称他为"后羿"，就是羿王的意思。

后羿当年的功绩早已传遍大地，威望无匹，于是越来越多的人前来归附，后羿建立起一个越来越大的部落联盟。

后羿懒得管具体的事务，只是作为一面旗帜，平日还是喝酒，或是在林间狩猎游玩。许多细致的操持，甚至开疆拓土，都是徒弟逢蒙在打理和运作。逢蒙愈发显示出他射箭以外的才能来。

后羿部落的壮大，当然会引起人类盟主的不满。原来的盟主尧天子这时已经去世，他的继承者们和后羿也没什么交情，两边打了不少仗。所以在对方阵营里，后羿不再是人类共颂的英雄，而是渐渐被传说成了一个武力强大却残暴的君主。

逢蒙一直认为自己才是后羿部落真正的缔造者。他借用师父的威名完成了自己的抱负，却觉得终究被后羿的阴影所覆盖，野心和不满日渐蓬勃。于是逢蒙不停地叫人放出谣言，说后羿是个昏聩顽谬的王，整日游猎喝酒，不顾政事，就连射箭都荒废了。于是乎，后羿的名声愈发地差了。

部落民众是把后羿当保护神的，如果后羿连箭术都荒废了，谁还能保护他们呢？

这一日，后羿从野外游猎归来，发现广场上站满了欢迎的臣民，有些诧异。

人都是逢蒙叫来恭迎后羿的，他真正的目的是想当着众人的面，射杀后羿，来证明谁才是射术天下第一，谁才是真正的王。

后羿刚刚踏上广场，就感到了不安，这是射神才有的独特感应——有弓箭在瞄准他。后羿一转头，看见广场尽头高耸的阙楼上站着一个人，正是自己的徒弟逢蒙，张弓瞄着自己。

万众惊呼，逢蒙射出了他的箭！

众人还未看清，后羿瞬间拨弦，也发出一箭。

两箭都带着呼啸，在空中相遇，箭尖相触，撞出一个火星来。两箭的箭势相当，所以刚好相抵，两支箭掉落下来，轻飘飘的，就像羽毛……万众的惊呼，变成了啧啧赞叹。

逢蒙在阙楼上又射一箭，后羿回一箭，两箭的箭尖相撞出火花，落在地上，不溅起一丝尘土。

逢蒙箭越发越快，犹如连珠。结果一样，箭尖相抵，箭羽飘落……众人忘我地欢呼起来。

后羿很快地射出了他的第九支箭，也就是最后一支箭，破了逢蒙的第九支箭。

逢蒙射出了他的第十支箭！他知道师父只有九支箭。

后羿在箭囊里再抽不出箭来，一愣神间，被第十支箭射中，仰面摔在地上。

万众无声，无法从惊愕中恢复过来。逢蒙从阙楼上跳下，一步一步地穿越广场，走到后羿的身旁，看见箭就插在师父的面门上。

后羿突然坐了起来，吐出了嘴里的箭，对着逢蒙冷笑：这是我没教过你的，叫"啮镞法"，你也别埋怨，这是我刚刚创的。

逢蒙默然，俯身捡起那支吐出的箭，突然举在空中，对着四周的围观者高喝：你们看见了吗？你们还会听信那些谣言吗？大王永远都是射神！

万众涌动起来，高喊着射神与后羿的名字，群情激动，热泪盈眶。

后羿拍了拍徒弟逢蒙的肩，大笑道：你这苦心，倒是吓了我一跳。师徒携着手，在欢呼中一起步入宫殿。

逢蒙的坏心思自此蛰伏下来，因为他已经知道，师父是不可能被箭杀死的。

夜 心

后羿作为人类，已经开始有些老了。

一个孤独的王，月下发呆的时候越来越多。

逢蒙也不年轻了，他等待得实在太久。逢蒙毕竟是跟随过巫师务成子的，学习过一些问卜之术。他除了忙于政务和军事，夜里总是在问卜。

孤独的后羿白天还是会去林间狩猎，有时是一个人，有时逢蒙会跟着。逢蒙在部落的地位很高，但跟着后羿狩猎时依旧执弟子礼，依旧是那个跑出去把猎物和素箭捡回来的人。

后羿看见落日变红，开始往树林外走。逢蒙削了一根桃木大棍，挑了猎物扛在肩上，跟在后羿的身后。两人的影子在山坡上被落日拉得很长。

后羿上坡时竟有点气喘，看着红日有些气闷，这个在自己箭下逃生的黑毛畜生，只怕很开心看着自己正在变老吧。

后羿只顾感怀，全不知身后的徒弟逢蒙，已卸了猎物，将桃木大棍高高举起，尽全力向后羿的后脑勺砸来。

只一下，后羿就倒在了草坡上。

逢蒙却没有停手，一下，一下，又一下……

这是这段日子逢蒙不停问卜的结果。卜卦上说，羿将死于桃木。桃木有个辉煌的出处——巨人夸父逐日万里，最后在烈日下渴死倒地，死后魂魄化生桃树。

落日成了这场谋杀的唯一目击者，也见证了一个奇妙的宿命的轮回——被太阳杀死的夸父之精魂，用于杀死一个杀死了九个太阳的英雄。

被杀死的后羿变成了鬼。生为豪杰，死为鬼雄，后羿果然成了万鬼之王。后来人们管化作鬼王的后羿叫宗布神。民间虽对鬼颇有恐惧，但却知道，鬼是怕桃木的，所以巫师捉鬼会用桃木剑，钉鬼会用桃木桩……因为鬼王当年是死在桃木下的。

逢蒙暗杀了师父，果真做了王。不过也没多久，就被手下杀死了。没有了威名高张的后羿，后羿部落最终还是衰落消散了。

只有月光依旧。

月上的嫦娥依旧。只是她不知道月光再也照不到她的丈夫了。天上时间与人间岁月，流逝的速度是完全不一样的。

　　嫦娥毕竟做过一段时间的人类，被人类的血液渗透过冰冷的身心。她现在替代了母亲成为月神，但饱满的太阴之气也没有冰封那段被丈夫呵护的记忆，她觉得自己太迟钝了，她渐渐才明白，自己原来很爱很爱那个叫羿的人类。

　　一种悔意老在咬啮着她——那时干吗要吞药，给了那逢蒙便是，自己在人间多些时日守着丈夫，是不是更好……只是这悔意跟她的寿命一样，如天地那般……没有尽头。